喜歡一切悄然降臨

邢悅三行詩・二

喜歡一切悄然降臨／如燈塔回轉故人的眼眸／宿命的心

天空渺茫／還有什麼能與繁華頂梢齊高呢／虛無的十字

斑馬線
Zebra crossing Publishing

實然有綿綿的情意 荷蘭園路上
相連的婚紗店與雪糕店
人生中最甜蜜的兩個地方啊

郁悅三行詩第九二首 並記澳门某冬日
因荷蘭園禮記老店斜对面塔石廣場
係與興發店和連其時婚紗店和為人
驟見急變人生有甚不變如喜樂毗
接頓感路上實是多多可歌之事矣

明天將要過渭峰迴路轉
我喜歡寒風中
你時而酒醉的臉

那悅之作詩一九八三於澳洲

今夜我把濡溼的腳步
忘還的話題
都藏在聲晚安背後

郁悅之詩句一四五号

以為你哭得很安靜了
誰知道簷下雨滴
寂沈重

耶悅之詩 一九六年

推薦語

與邢悅老師的相遇要追溯到一年前的某個夜晚。當時和澳門朋友走在澳門三盞燈附近的街道上，經過一間茶坊，目光被木質招牌上的手寫瘦金體書法字給吸引住，這年代有這種品味和質感的招牌實在不多見。緊接著望見坐在裡頭休息的是，網路上常見分享書法示範影片的邢悅老師。與邢悅老師四目相對之下，很有默契的彼此相認，就這麼開啟這段緣份。

邢悅老師對書法藝術的執著和熱愛，著實讓我欽佩，從三行詩的作品中，找到不少寫字人的共鳴。我想，在講求數位化、高效率的年代，手寫的溫度是無可取代的。

書寫除了可以是藝術，也是抒發，它可以串聯著不同時空中的感動。

硬筆書法家　葉曄

二〇一九年一月

讀詩人邢悅的三行詩，得到幾個特點如下：

遇見現象，引發想像；擅用比喻，導出意象。

生活抒懷，偶爾喟嘆：深入體驗，感悟真確。

這些特點，隱藏在邢悅的三行詩語言披覆裡。雖然三行的語言太少，卻還能披覆這些特點，可見邢悅的詩語言是精煉的沃土，視這些特點如同種籽，讓它發芽成長而化為詩意。

詩人　蘇紹連

【推薦序二】

優雅而殘酷

邢悅的三行詩是優雅又殘酷的。

在我初學寫詩之時，曾有人告訴我詩是精煉的語言，正因為精煉，才有了詩的獨特性，然而在邢悅的三行詩裡，我可以看見每個字詞是怎麼被萃取出來的。

想舉幾個例子，但又怕破壞閱讀體驗，喜歡邢悅三行詩的短小，三行便說完一件事情的精準，不需要太多的猜心，但卻讓人一讀再讀，每次讀出來的感受都是不一樣的，越讀越能感受到他設計在裡面的巧思，是一本讓人看了真的會回甘的詩集。

在收到推薦序邀稿時我其實沒什麼信心，能把這本書的好一絲不漏地說完，就像我也沒把握能如邢悅一樣將三行詩寫得如此漂亮優雅，但卻又殘酷地道出某些事實，使人同時看得傷感又讚嘆他的才華，沒有任何贅句，甚至贅詞，邢悅的三行詩就是如此乾淨，不免使人忌妒，為甚麼他能在如此短的空間內做出這麼精彩的表演呢？誠摯推薦邢悅的三行詩集。

詩人　何貞儀

【推薦序二】

日子沉澱，生活依舊降臨

常言道：「人生有幾個十年？」十年是漫長的，那麼五年呢？回想二〇一四年汴京茶道館的創立與邢悅的三行詩創作，來到第二本三行詩即將付梓，五年光景，有時如詩，有時殘酷的生活，我們在其中經歷了什麼？我們為何事所堅持，或糊塗地放棄？

面對命運，有時候我們奮力向前，但往往遺憾收場。後來發現，最好的經歷、人和事，很多時都是在努力追夢的過程中，以意想不到的方式出現。

喜歡一切悄然降臨，對於汴京、三行詩，恰好如是。

這次書名如詩地表達了幾年來汴京與邢悅在三行詩創作的點點滴滴。我一直見證著，早已深深明白詩歌的創作無法強逼，詩意卻存在於有意無意之中，一次又一次綻放，湊巧抓住那個瞬間，才逐漸有了出版的念頭。

所以，繼《日子過得空白一點也不錯》後，日子沉澱了，生活依舊悄然降臨。歲月如流，而我總在靜靜泡茶時感受詩的氣息漫漫飄來。

「今夜蒼涼道別的
漣漪
從八孔尺八的心傳來」

——一八〇

這首寫的是在渡船街汴京茶道館舉行的音樂茶會，是結業前的告別活動，由一位來自香港的香藝師鄧皓荃演奏尺八，參與的茶客安坐榻榻米上，一邊品嘗和菓子一邊喫茶。當晚人客很多，大家促膝而坐，手中握著溫暖的茶杯，與店內柔和的燈光相映，尺八悠長的聲音顯得格外蒼涼，不捨之情油然而生，像是想留著最後一刻的心跳聲。

當時座落於渡船街的堂飲店，最初只有少數客人要求外帶，不過零星幾杯，邢悅便以瘦金體手書字句，自三行詩的創作開始，從汴京買到的外帶茶上的三行詩是手寫的。到了二〇一六年一月汴京茶寮開業時，我們將手寫改成印刷，為了確保每只杯的詩句不同，就將三行詩做成原子印，蓋在紙杯上，讓茶客帶走的每一杯茶都有不一樣的詩意。

「彷彿沿虛線撕開往來逆行的
行人與車輛
美麗街緩緩升起的寂寥」

——一七六

來過澳門旅遊的人或許都有過這樣的感受，離開密集的人群，在街巷穿梭，忽然會有時光停駐的感覺。剛好是兩條小街交錯的地方，美麗街，茶寮的分店就座落在街頭的轉角位置，一邊是通往大三巴牌坊的路，行人與車輛熙來攘往，轉角是美麗街路口，茶寮內的長櫈剛好背著美麗街，側坐可剛好從玻璃往外看，臨近傍晚，街燈車影景色迷離，遊人流動，與爬坡的車流對照，進退頡頏。而我們呢？則在此靜心注水，水聲應和著引擎聲，讓走累了的茶客有歇腳之處，借一杯沉湎心情，頓然與外面世界的抽離，也感受著美麗街的寂寥。

若有機會嘗一口汴京的茶，不妨看看紙杯上的三行詩，詩意如何透過茶，乃至種種因緣傳遞到手中。回想我作為邢悅創作三行詩的現場觀眾，總覺邢悅得能夠用短短三行幾乎都不出四十字的作品，就能撼動內心、直指靈魂深處，教人反覆細味，有著日本俳句或短歌的意趣，是詩人難得的功力。正如修行高深的茶人，即使幾個簡單的動作，都能份外自如，令人定眼觀賞，感到靜心與愉悅。

汴京茶寮創辦者，茶人 Justin

二〇一九年一月於澳門

101

女人的時間觀如此無常
自拍的瞬間
愛美的永恒

102

夜雨斷續又深沉
好想找個人說話啊
誰來打破一陣長長的呵欠

103

聽了一整夜　水聲與歌聲
流連寂寞的人啊
總是等荒蕪之後才回首

104

黃昏裡
赤肩的工人扛氣罐
哐哐噹噹像下課鈴

105

春雨斷續
一整夜
我們該如何分擔鄉愁呢

106

離開學校漸覺慌忙的我沉思
一天到底寫多少字
才算得上詩意的人生

107

我看見　車廂中的上班族
緩緩駛進
眼神空洞的隧道

108

雨水退卻
想起假日販賣創意的廣場
此刻寂靜如災難

109

有時你未必懂得
窗簾掩飾怕斜雨打溼的房子
陳列從前的悲傷

110

難忘你把一天無聊的事向我細訴
像聽見大海
浪從這裡經過

111

朋友說
人生多飄忽啊
墓前確鑿的日子和名字

112

新雨在遠遠近近
洗刷老人徜徉的花園
小孩眼前的玩具

113

落葉
指甲般寂寞的劃過
起風的長坡

114

雖然你就是你
但我眼中的你最可愛　我覺得
相遇是最初的旋律也是最老的調子

115

這樣的生活多無趣啊
多年來
複印舊教材就能過新的日子

116

歌聲越過花圃　我發現
對生活異常熱情的吉他手
面對啤酒瓶和朋友唱歌

117

這次我不在人山人海中離開你
只是深陷沙礫的腳步
再也無法理解海浪的溫柔

這是電影《沙漏愛情》裡的對白：「愛一個人需要成全」。

我想，我們明知還有千百個人等待下一次相遇，卻僅僅為了一個人躊躇，掙扎久了，命運就成形了。

我們每一個人，都有很愛很愛的時候，也有不得不放棄的時候，而在電影之外的我，小城中徘徊的我們，看似安穩，卻載浮載沉，或許我們相遇的當下，就是各自不知何去何從的命運之始。

二〇一五年七月十六日

118

世界越明亮
你越是躲在我能看見你的地方
何時我們會相視而笑呢

連續幾天雷陣雨，小城
的氣息像個戀愛中的人那麼
陰晴不定。我忙亂，走在街
頭，來到一間樓上書店，發
現一隻躲到窗邊享受陽光的
貓，她溫柔、安靜，如妳。

二〇一五年七月二十六日

119

時光是什麼
遇見你的時候我年輕
失去你的時候我滄桑

120

誰遺留這長夜無言的燭心
失去陸地的人
願還要再許嗎

二〇一五年八月十五日
凌晨夜航返澳並記三十三歲生辰

121

秋風也無奈
你是天空我是雲
當時的偶然

122

顛簸到什麼時候呢
我突然佇立
涉水而來的霧燈前

123

如何詩意地棲居
我看見　中年人與老年人
地產門外並肩的背影

124

走向月台的我突然忐忑
背向你
還是全速向你奔馳

125

想在夜雨漫長的送別後
繼續寒暄　請告訴我
你將如何度日

126

陪你散步時油然想起
那個下午
注意到你冰冷的手心

127

誰是月光下的舵手
想起遠遊的華士古達伽馬
翻過重重浪聲

128

明天將要過得峰迴路轉
我喜歡寒風中
你時而酒醉的臉

129

記得深長的目送後
轉入街角的我
突然歡喜得自言自語

130

跟食店外一對甜蜜的老學生打招呼
忽然記起校園時　男生唱歌
女生獻花的時刻

131

給我多一點線索吧
除了對話
少許離別與相遇的靈感

132

眼前兩個踏著平衡車的身影
我不禁揣想　並肩的人……
也有一顆忐忑的心啊

133

喜歡用左手牽著你，
另一隻手呢
詩意的餘溫

134

平靜中蔓延的南灣湖
波浪退去
慵懶的人在走樓梯

135

為情怒吼的男人經過簷下
連聲說三遍「我錯了」
能把情人喚回來嗎

136

今夜有人踩踏
雨後冷清的街心
深處的悲傷

137

芭蕉叢裡
以將軍亞馬留命名的圓形地
風帶走一座銅像

138

默默地　走向兵房斜巷
仰望冬夜獵戶座
說起亂石累累的情話

139

像繞過迴旋處的慢車
我想起昨夜
為茶店輕輕關上趟門的時刻

140

彷彿洗街車輪前
巨大的茶筅　輕輕放下
一碗深切的倒影

141

有一刻
我甚至確信能與你相遇
只是整個人生又變得猶豫了

142

喜歡一切悄然降臨
如燈塔回轉故人的眼眸
宿命的心

143

還會等到浪漫的懷抱嗎
情歌啦啦啦唱著　瑟縮於寒風的途人
擁擠又失落的旋律

坐在渡船街賣關東煮的
小店用餐，店內忽然響起久
保田利伸的情歌，歌聲與店
內的熱氣氤氤氳氳，開放式
的店面，輪番點餐等候的
人，有如走到幕前的演員，
在街頭巷尾匍匐前進的車輛
與行人，甚至不相關的過
客，大家都在節奏中進場，
退場。

渡船街，一個以情歌和
熱食溫暖人心的寒夜。

二〇一六年二月三日

144

午夜　伴隨著牛雜店的剪刀聲
昔日教練的訓話依舊鏗鏘
多少次擺速與來回啊

145

今夜　我把濡溼的腳步
忐忑的話題
都藏在一聲晚安背後

146

老人拿著紙錢
深深地彎腰
向空虛之火拋擲

147

木棉墜落
鏡湖路上一排鏽色的欄杆
麻雀的五線譜

148

一路追隨　差一點被遺忘的兩個人
終於站在石頭與路燈光潔的回聲中
留下影子

149

今夜　一個為藝術而癱瘓的城市
有關員開始用筆抄寫登記有人買下電腦票
準備暗渡關閘有人沉湎仲夏夜之夢

註：二〇一六年四月三十日，記今夜澳門關閘口岸電子通關系統癱瘓，同時，藝術節首場大型節目《仲夏夜之夢》盛大演出。

150

初夏微風拂過
花農的汗水　孩子的腳步
蝴蝶離我最近的車站

今天的生活要從久石讓開始寫起。

起床後，繞過沙發，坐在腹背案前都是書的開放式客廳，回了電郵，接了個預期會來電的陌生電話，打開電腦，忽然想聽一首關於風的歌。

我隨意的搜到久石讓的歌，風之通道，側面常被關起來的窗，透著夏日的陽光，打開趟窗，留一縫隙，看看晾了一夜的衣服，在我住的民生小區，因為車不是接連的經過，風有時還有平靜的味道，但我想聽聽今天生活的旋律，有沒有久石讓空氣中的音符。

出門，經過塔石廣場，擺了一個小小的蘭花展，其中小橋佈景，供人憑欄看花，留下倩影，而我看見花農低頭用手機近距離拍下花的姿態，我匆忙經過，沒留心那個「花花世界」。

走過廣場，來到對面的車站，忽然看見一隻蝴蝶，在我站著的車站面前飛過，路上的機車，騎士們，差一點就迎風撞到半空中的蝴

蝶，我不知道它的來路，它
的去意，但覺得，此刻廣場
上的空氣如此自由，車來人
往的一天，我在車站等待的
不是它，它卻在我面前翩翩
而過，我想，它肯定會繞過
剛剛不遠處那些花吧。

二〇一六年五月十一日

151

風起了
而你也經過
你大概知道溫柔和孤獨是什麼了

152

城市裡　禁止的路牌指向誰
鳥籠外
我們錦衣夜行

153

初夏想起嚴寒
一眨眼的過去彷彿又回來了
一個人就是一個季節

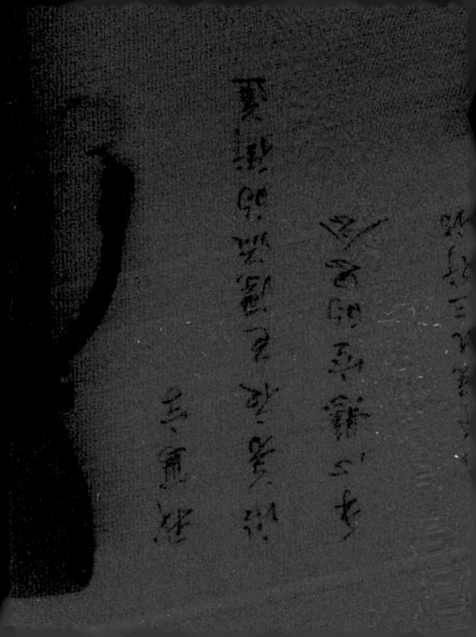

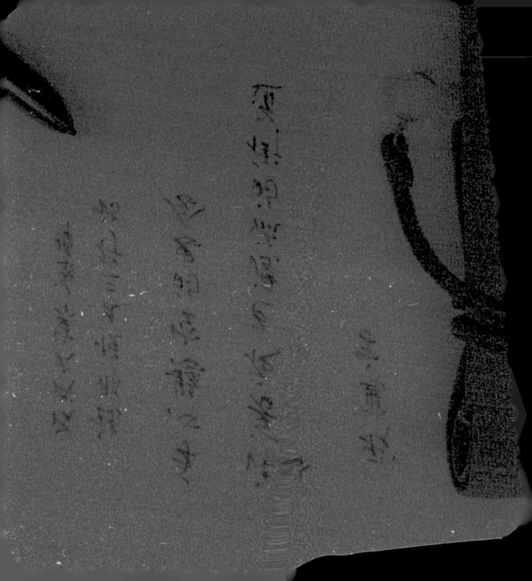

154

路燈高舉天空
遊目於葉子間的鄉愁
亞婆井水的倒影

155

風讓我看見雲湧
彷彿一片
顛躓的樹葉

156

對一間房子最念念不忘的不是人
是明明斷捨　清空
依舊暗投的書信

157

好想傾聽那個身體
對於時代　我們糾結的
握緊拳頭

註：二〇一六年六月十八日，於澳門文化中心觀紀錄劇場《紅》，舞台上，四位舞者各自用舞蹈的身體和影像紀錄，表現對革命樣板戲芭蕾舞劇《紅色娘子軍》的反思。

158

月光像顆彈力球
一眨眼
升到門牆與電線桿的上游

二〇一六年六月，記澳門氹仔舊城

159

彷彿夏至的輕雷
我永遠不知道
你喊我想跟我說話的那一刻

160

茶餐廳大聲說起「牌位」的老人
忽然讓我想到
活著是如此不耐煩

我想記下二〇一六年六月末尾的一場太陽雨，其次是，陽光、烏雲、雨水和人群互相交錯，這個城市彷彿劇場佈景般撕破再撕破，在下一個未知的場景中，眼前最新鮮的，就是那些狼狽與美麗。我不說他人就是地獄，因為我有時也羨慕他們，若說天堂與地獄，也顯得有些人已無翻身的機會了，或另一些人早已建立起他的無憂國，我倒覺得人生徘徊，永遠的牽絆與無依才是永恒，生門與死穴同時打開，等待我們各歸命途。

晚課開始前一個多小時，我在茶館附近的茶餐廳用餐，我想待會在書法課，大多數時間都只有我在說話，所以一人佔四座的用餐時間，聽別人說話，陌生人的即時演出，靜靜滑手機也是個休息的機會。我曾經在中學教書時跟學生說過，讓我這種人說話是有必要的，因為我是支薪用思想和嘴巴作勞動的階層。

我渴望能在自主沉默（甚至書寫）的當下，內心能夠比原來更踏實。

兩次聽到有人氣急敗壞的說起「牌位」，單憑類似的字音，他是說人，說車，還是關於其他？我像閱讀一首詩那樣感受著當下的歧義，我想到死亡，詞語和語氣在空氣中流動，我如坐林中聽雨，他的躁動，換來餐廳裡幾秒鐘眾人的注視。

如果此時在車廂中又如何？會有人用手機拍下他說話的時刻，上載臉書嗎？會有人寫一篇從社會學角度出發，以「為什麼……」為題的文章，探討為什麼一個老人要打破別人用餐時的安靜，如果真是我所想的「牌位」的意義，又會牽扯到一個哪一個該死的政策。

我在那樣歧義紛陳的瞬間，在手機留下三行。

換個題目，「今日車位，明日牌位」也很社會學吧，也合乎社會集體的語言格式。

我是在針砭社會，作無聲的諷刺嗎？無可無不可，等我老了，或許我連不耐煩的力氣都沒有吧。

我在手機的備忘錄裡，用另類方式記錄，留下一首所謂的詩，我只有如此微薄的才能，我只能借助詞語的魔力。

我想今天被太陽雨弄得狼狽的人不止我一個，我想，剛剛被撕開那一塊生活的大佈景是悲慟的，在此之前，我還以為這幅細膩的圖畫可以維持很久。

二〇一六年六月二十九日

161

戴耳機的少女在我身後
等待一杯茶的時間
翻過一首詩的足尖

162

背對教堂自拍的旅行者
咔嚓一聲以前
有誰想過自己低頭禱告的模樣呢

163

先刂雞巷外　一場陣雨
夜色流露於鐵絲網內
慢車濺起的水窪

164

廣場裡
孩子嬉鬧的迴聲中
又要準備堆砌什麼呢

165

廣場上的孩子
隨風吹散肥皂泡
能漂到燈塔照亮的地方嗎

166

天空渺茫
還有什麼能與繁華頂梢齊高呢
虛無的十字

167

向山舉目的我
彷彿記得我是踢著塵土而來
為一襲長風與蟬鳴而來

168

孩子啼哭
彷彿應和老人剛領回來的病理數據
八月夜航的聲息

169

我想我是經過命運多少的穿針引線
才化為一個虛空的句子
被你悠悠的一再唸起

170

我寫字
沿著夜色漂流的街道
手心懸空的思念

171

喜歡薩克斯風的我
聆聽一陣明亮中逝去的短嘆
人生啊

172

為了讓你好好落淚
我情願秋雨是
代你將悲傷言明的打字員

173

等待收起一把剛淋過雨的傘
卻斷斷續續沉思
比烏雲更深邃的字

174

我在雲泥之間
種下一盞還未如期亮起的路燈
等待你從橋上經過

175

有軸頭敲牆聲迴盪的那個空室
我凝視游弋在畫心的魚
心碰壁

從小就習慣家裡有幾幅
掛軸，有風的時候，軸頭就
會靜靜的敲牆，像唸佛敲經
一樣，今天又聽到這樣一陣
聲音，回頭一看，是父親畫
的金魚圖。

二〇一六年十月二十九日

176

彷彿沿虛線撕開往來逆行的
行人與車輛
美麗街緩緩升起的寂寥

177

沿河岸漫步
微醺的淡路坂偶爾傳來
徒增煩惱的列車聲

二〇一六年十一月十九日
神田千代田

178

低頭看
庭院曲橋上的新人
留下笑靨淚洗的底片

二〇一六年十一月二十一日
於目黑雅敘園

179

小雪欲來
我沿著鴉聲跌宕
夕陽的引子走去

二〇一六年十一月二十二日
記小雪節氣後參訪畠山記念館

180

今夜蒼涼道別的
漣漪
從八孔尺八的心傳來

二〇一六年十一月二十七日
記渡船汴京茶道會告別音樂會，皓荃演奏尺八及南音琵琶

181

在迴旋處咖啡館
一臉嚴肅談起心跳與脈搏的實習生
也是對會心微笑的情侶嗎

二〇一六年十一月二十九日

於澳門鏡湖醫院迴旋處（賈伯樂提督圓形地）檀香山咖啡館

在鏡湖醫院迴旋處檀香山咖啡館。

兩個學醫的年輕人在談論心臟，它的構造，還有身體的種種，而我彷彿看到他們眼中的言語，這種微妙，發生在醫院附近一間在迴旋處邊上的咖啡館。匆忙之間，拿起餐具的我覺得嚴肅的言語和溫柔的眼神，其實並無隔閡。

二〇一六年十一月二十九日

182

深秋無事
凝視簾中臥室　彷彿聽見
跋涉的人在長夢中歌唱

183

青草街一束燒剩的線香腳
彷彿聽見人們說　土地啊
何時攢滿希望

184

三角花園外　幾聲梆子
一地莫名的葉子與髮絲
冬日的慢板

二〇一六年十二月十九日
於澳門三角花園街邊理髮檔

185

除了你隱而不宣的哀愁
還記得昨日
你微微露齒的笑容

186

眼淚掉進茶杯
閃爍　游離
彷彿不知從何撈起的金魚

187

今夜　我在南灣湖水的宴席
風的椅背上回憶
逝去的風景

188

春日渺茫的海邊新街
老人經過
牆上悽慘的字油然而生

經過海邊新街，原本想進去新落成的沙梨頭圖書館，但心已經在異地的工作狀態，不好打擾那些現在比我平靜的書。

有段時間一出門就遇到流動圖書車，可是一次都沒有去借，我覺得都在附近了，久而久之就沒有想親近的欲望。後來搬到醫院附近居住，聽慣日夜間救傷車出動的鳴笛聲，這些來自別人的意外，除了亦遠亦近的鳴笛聲，我無法參與，也無法猜想別人的生死。

活著的人也早應該看慣平淡。

可是今天看見老人在我面前經過，我覺得有一種矛盾。

從「愛心護送」車下來的老人，顫危危的坐上輪椅，然後慢慢被推到小巷裡去，背影消失的瞬間，巷口牆上幾個大字如在目前：慘。海一居業主們的無言哭訴，業主的無言，與此刻插著喉管的老人，或許連我也是，活著，求安居，求善終，或許窮其一生，終究不得安穩。

二〇一七年二月一日

189

如果我繼續走遠　廣播聲瀰漫的
月台上　我能用背影拉動
你說話時眼帶微笑的弦嗎

190

等不到一夜寒暄
剛好風雨又來詢問
我的孤獨

191

甬道裡　一陣穿堂風切入
琴手按捺著
途中的悲傷

我偶爾會想，為什麼會
有所謂「悲從中來」呢？當
我走過戴墨鏡的樂手身邊，
他坐在人群轉折的路中間，
他演奏的聲音一直隨我離開
中正紀念堂六號出口。風聲
摻雜著一些身後的音符，我
越走越高，走到空氣中的上
游。音樂慢慢變成下游的暗
湧了，可是我一路走來那一
兩分鐘，在音樂聲中翻滾著
的回憶，被切換來切換去，
連我的離開都變成音符。

二〇一七年二月十一日

192

為寂寥舉杯
看空無一物的木丸盆
連影子都變得苦澀

是夜，茶人好友給我看白井老師送他的禮物，原來是個木丸盆，我放在榻榻米上，湊近看它的紋理質地，有如照面談話。霎時想起電影《利休之死》櫻花落在茶湯中的一幕，是繽紛還是萎靡，是溫柔還是殘酷，彷彿就在唇舌之間，自有體悟。

二〇一七年二月十九日

193

顫抖的行軌上
看草坡　天空和人類一同活著
綠色的步履

二〇一七年三月十一日
在桃園機場捷運上

194

所謂歲月如梭
窗前忘我寫字時　一陣俯仰
隱約看見你走過

195

夜讀徒然草　心生寂寥的應和著
無用啊這日子
彷彿內心也豢養一頭喪家犬

196

以為你哭得很安靜了
誰知道　簷下雨滴
最沉重

197

你像樹上的貓　不問來路
踩在我心枝葉繁茂的一頁
徘徊不去

二〇一七年五月八日，記連日有一隻不明來歷的貓躲於雅廉訪大馬路與荷蘭園大馬路交界的樹上，不為消防員或其他人所救，更兼連夜風雨。

198

回憶婆娑的鏡湖馬路
銀雨墜落自
葉子間蒼穹深邃的撲滿

原本想著最近身體狀況不佳，應該做什麼都沒心情，把最近收到最後一筆學費存起來，回店裡貓著，沒想到走在斜坡路上，沒打傘的我一路被雨打中了頭又打中了肩，想到在醫院旁邊這樣被「打點滴」也挺詩意挺有人生喻意的。走在風雨的斜坡，這個沒錢就沒辦法的世界，還好這次是雨水打點滴，要是真躺在病床上就沒這麼詩意了。

二〇一七年五月二十四日

199

拉下書桌燈的瞬間
正是無人像你對我瘋言瘋語
又接連說疲倦的長夜

200

今天走過長梯迎接那本書帖
快遞員喊我一聲老師的剎那
歲月原來如此漫長

出乎意料的，第二百首三行詩也是在生活感滿滿的語境中連殼帶皮那樣剝出來的。忘了什麼時候在網上訂購幾本書，或許寄件分流之故，今日前後兩本書來自不同的快遞公司，書帖稍早到埗。獨居就有這個不便，等還是不等，猶在倉促之間，所幸來的正是時候，我便下樓迎接。

接書我是一定興沖沖的，像個孩子，接通來電，我說稍等，其實心已在樓下，還一邊盤算到底是哪一本書先到，無論再忙還是照面打個招呼，給它一個安頓的位子。讀詩集和書帖本來就需要心無旁騖的讀，散漫的讀，不先入為主的讀，不作爭論抗辯的讀，不作褒損附和的讀，所以，當我害怕語言的浩蕩會淹沒我，就去讀帖，不用多費神去鑽，他自有頓挫，自有沉穩，自有婉轉，總有一種迷人的面目。

今天送書帖來的快遞員，是我初執教鞭的第一代學生，從初一到大學畢業，剛好十年，彷彿這本薄薄的書帖，隱喻著這一次快遞，與緣份相比，實在又淺又漫長。這樣的快遞，或許是人生的慢遞？

二〇一七年七月二十五日

詩人的話

三行詩來到後一百首，如是飄零且感受著輕微觸碰的思想又一百次搏動。

我依舊感詠茶飯衣履，行腳所見。我漸漸失去為詩歌定下偉大題目的野心，也許是時序的無情，事物的悲哀，回憶的火光，這些巨大又精密的力量，當它溫柔地敞開，我只感覺到坦然、滄桑，卻不知從何說起，如何俯拾。

結束七年教職生涯，決定開店以字維生，我的起居與工作都在醫院附近，日復一日經過鏡湖馬路，走上下坡，迴旋處，葉子在我睇視的瞬間，身前或前後的緩緩落下。

命運，就是我們將自己變得再輕，也無復枝棲。

每天習慣捉管寫字，臨帖，自運，反覆交錯，我把專注又沉默的力量灌注在筆墨之中，濃淡就是聲調，提按就是韻律，筆鋒的斂放就是節奏。

在輕易記錄音容的時代，我想修煉那張無聲的面目，會不會太不合時宜？

流光容易把人拋，人浮於事，人事又浮於我心。某日，我又埋首寫字，早已不用面對學生嘮嘮叨叨的白天，原來我已經在另一種生活的圈套裡：「離開學校漸覺慌忙的我沉思／一天到底寫多少字／才算得上詩意的人生」（一〇六）。

後一百首的創作，大部份應和著《日子過得空白一點也不錯》，時序步入二〇一六年底，位處渡船街的汴京茶道館準備結束經營，原以為三行詩的創作會隨此結束，卻無心成就了蛻去繁縟意象，用聊以一問的方式，憑藉直覺輕扣在地與時代。

「芭蕉叢裡／以將軍亞馬留命名的圓形地／風帶走一座銅像」

（一三七）

「喜歡一切悄然降臨／如燈塔回轉故人的眼眸／宿命的心」

（一四二）

「天空渺茫／還有什麼能與繁華頂梢齊高呢／虛無的十字」

（一六六）

「春日渺茫的海邊新街／老人經過／牆上悽慘的字油然而生」（一八八）

二〇一七年八月，颱風天鴿毀滅式襲澳，強風挾著水淹過後，回首當時，災難尚未降臨，為何一束燒剩的線香腳會觸動我？我能以詩歌探求什麼？我們朝夕所求的平安，何時攢滿？還是一切都不過妄求的虛空？我把寫於二〇一六年十二月的三行詩抄錄在一塊小木板：「青草街一束燒剩的線香腳／彷彿聽見人們說　土地啊／何時攢滿希望」（一八三）放在三盞燈區被大水淹浸過的茶寮，藉此記下難過，卻又已成過去的境遇。

詩友許赫早年發起一場「告別好詩」運動，後來還朝著「一萬首詩的旅程」進發。我曾對他說，他是詩的自由業，我是字的上班族，我們唯一的共同點，就是不能等詩（字）完美了才動手。

從最初閱讀石川啄木的短歌，引發以剎那的感悟為初衷的創作，三行詩已經持續創作四年，生活裡人事情感的交集，逐漸沉澱成文字版圖，當然，也有我想「以小搏大」的試驗：

「好想傾聽那個身體／對於時代　我們糾結的／握緊拳頭」

（一五七）

詩歌在我們未充份將它解釋的時候，就被充份閱讀了，正如花朵首先是鮮艷的，但我們澆的不是顏色，它也不可能永遠鮮艷；至於凋零，我甚至覺得，人往往最留心那份凋零，我若能感於它的哀樂，它的聲色氣味，語言就好比一個宇宙的容器。所以，這次出版，其中夾雜一些小故事，閱讀這些文字，可以更了解三行詩本身被省略的背景，乃至氣氛。

最後，三行詩續篇能夠出版，多得詩人許赫，斑馬線文庫的主編榮華催促和鼓勵，在此表示深深的謝意。

二〇一八年十二月二十三日於澳門

國家圖書館出版品預行編目（CIP）資料

喜歡一切悄然降臨 : 邢悅三行詩 . 2 / 邢悅著 .
-- 初版 . -- 新北市 : 斑馬線 , 2019.02
面； 公分

ISBN 978-986-97308-3-9（平裝）

851.486 108001540

喜歡一切悄然降臨：邢悅三行詩　二

作　　者：邢　悅
主　　編：施榮華
書封設計：MAX

發 行 人：張仰賢
社　　長：許　赫
總　　監：林群盛
主　　編：施榮華
出 版 者：斑馬線文庫有限公司
法律顧問：林仟雯律師

斑馬線文庫
通訊地址：235 新北市中和區景平路 101 號 2 樓
連絡電話：0922542983

製版印刷：龍虎電腦排版股份有限公司
出版日期：2019 年 2 月
ISBN：978-986-97308-3-9
定　　價：280 元